第12回ほたる賞グランプリ作品

りそうのくに

平井美里・作　ふるやたかし・画

ハート出版

ある日《ひ》、ドコナンダ国《こく》の王様《おうさま》が、寿命《じゅみょう》を終《お》えて天《てん》に召《め》されました。その王様には子《こ》どもがいませんでしたので、よその国《くに》で暮《く》らしていた王様の弟《おとうと》の子どもが新《あたら》しい王様に選《えら》ばれました。

ドコナンダ国《こく》は山《やま》に囲《かこ》まれ、ほかの国《くに》とは遠《とお》く離《はな》れており、よその国とは交流《こうりゅう》がなく、自分《じぶん》たちの文化《ぶんか》を大事《だいじ》にしている国でした。人々《ひとびと》はその生活《せいかつ》がいいのか悪《わる》いのか考《かんが》えることもなく、のんびりと日々《ひび》を過《す》ごしていました。よその国と比《くら》べれば、百年《ひゃくねん》ほど時代《じだい》遅《おく》れの生活《せいかつ》をしていましたが、ほかの国のことを知《し》らないので、自分たちの生活が当《あ》たり前《まえ》でした。よその国はもっと便利《べんり》で、もっと刺激《しげき》的《てき》で、もっと新《あたら》しかったのですが。

けれども新しい王様は、そんなよその国にいた人《ひと》でした。ですから新しい王様は、ドコナンダ国《こく》を見《み》て、

「なんて古《ふる》くさいんだ！」

と思《おも》いました。自分《じぶん》がそんな古《ふる》くさい国《くに》の王様《おうさま》であることが、恥《は》ずかしくすら思《おも》えました。しかし王様はすぐにいいことを思い付《つ》いたのです。

「これからは私《わたし》が王様だ。だから私がこの国を好《す》きに変《か》えて、どこの国よりも素敵《すてき》な国を作《つく》ればいいのだ」と。

立派《りっぱ》な建物《たてもの》があって、今《いま》より便利《べんり》で、今よりオシャレで、今より活発《かっぱつ》で、今より民《たみ》たちが幸《しあわ》せに暮《く》らしている国《くに》を。よその国のように、いいえ、よその国よりもっともっと素敵《すてき》な国を作《つく》ろうと心《こころ》に決《き》めました。ほかの国の人《ひと》たちがうらやむような、そんな国を作るのだと。

まず、王様は立派《りっぱ》なお城《しろ》を作ることにしました。お城は国《くに》の顔《かお》です。国の顔が、ちっぽけでは誰《だれ》もすごい国とは思わない、と思いました。建設大臣《けんせつだいじん》を呼《よ》び、「立派《りっぱ》な城を建《た》てろ」と命令《めいれい》しました。建設大臣は、

「この城《しろ》は、二百年《ひゃくねん》の歴史《れきし》のある城です。そう簡単《かんたん》には壊《こわ》せません」

と王様《おうさま》に言《い》いました。すると王様は、

「ダメだダメだ。この国は古《ふる》すぎる。だいたい、その二百年《ひゃくねん》の歴史《れきし》っていうのが古《ふる》いんだ。わしは新《あたら》しい国にしたいんだ。古《ふる》い物《もの》なんて全部《ぜんぶ》なくしてしまえばいい。この分《わ》からず屋《や》め！」

と建設大臣《けんせつだいじん》をしかりつけました。

困《こま》った建設大臣は、

「では、ほかの大臣たちみんなの意見《いけん》を聞《き》いてみましょう」

と言いました。それを聞いて王様はすっかりご機嫌《きげん》ナナメ。

「古《ふる》くさい大臣《だいじん》の古くさい考《かんが》え方《かた》なんて聞いても仕方《しかた》ないさ。わしが王様だ。わしがやると言ったらやるんだ！　きっとやってみたら大臣《だいじん》たちも満足《まんぞく》するさ。この国の大臣は、よその国の素晴《すば》らしさを知《し》らないんだから」

そう言《い》われては、建設《けんせつ》大臣には返《かえ》す言葉《ことば》がありません。王様《おうさま》の言う、どこの国にも負《ま》けない、立派《りっぱ》な、すごいお城《しろ》を作《つく》らねばなりません。

「立派《りっぱ》なお城ってどんなんだろう?」

建設大臣《けんせつだいじん》は首《くび》をひねりました。なにしろ、生《う》まれてからずうっと、今《いま》のお城しか見《み》たことがないのです。考《かんが》えても考えても分《わ》かりません。

そこで、王様に、

「どういうお城を建《た》てればいいでしょうか?」

と聞《き》いてみました。

けれども王様は新《あたら》しい国作《くにづく》りのことで頭《あたま》がいっぱいでしたし、お城のことは大臣《だいじん》にもう任《まか》せて終《お》わったと思《おも》っていましたので、まだ何《なに》も城作《しろづく》りを始《はじ》めていない大臣に少《すこ》し腹《はら》が立《た》ちました。

「自分《じぶん》でよーく考《かんが》えろ! お前《まえ》は建設《けんせつ》大臣なんだから、やる気《き》があったら出《で》来《き》るはずだ! 全《まった》く、頼《たの》んだこともまともに出来《でき》ないなんて」

少《すこ》し声《こえ》を荒《あら》らげて王様《おうさま》はこう言《い》いました。怒《おこ》った王様が怖《こわ》かったので建設《けんせつ》大臣《だいじん》は逃《に》げるように部屋《へや》を飛《と》び出《だ》しました。

どうしたらいいか分《わ》からないまま、建設大臣はとりあえず作《つく》ってみることにしました。よその国《くに》の城《しろ》の設計図《せっけいず》を見《み》たりして、なんとか自分《じぶん》の思《おも》う立派《りっぱ》な城の設計図を作りました。分からないところは多《おお》いけれど、自分なりの工《く》夫《ふう》もしたつもりです。ちょっとドキドキしながら、それを王様のところに持《も》っていきました。すると、それを見た王様は、こんなふうに言いました。

「嫌《きら》いだな。わしは嫌いだ。がんばって作ったのは分《わ》かるが、こんなのはどこかの国《くに》で見たやつさ。わしはどこの国《くに》にもない城《しろ》が欲《ほ》しいんだ。そう、わしが前《まえ》に住《す》んでいたアコカイナ国《こく》のような立派《りっぱ》な城が！」

建設《けんせつ》大臣は、すっかりしょんぼりしてしまいました。しょんぼりした建設大臣《だいじん》を見て王様《おうさま》は、

「そんなにその設計図《せっけいず》でやりたいなら、やればいいじゃないか。やれば」

と言《い》い出《だ》しました。

「でも……」

と建設大臣《けんせつだいじん》が言い渋《しぶ》っていると、

「わしはいいと思《おも》わんが、やってみればいいじゃないか」

と王様が言います。

そう言われても、建設大臣はもう、自分《じぶん》の書《か》いた設計図《せっけいず》を見《み》るのも嫌《いや》でした。王様の部屋《へや》を出《で》てしばらくボーっとした後《あと》、クシャクシャっと設計図を丸《まる》めてゴミ箱《ばこ》に捨《す》てました。

そして、王様が前《まえ》にいたアコカイナ国《こく》の城《しろ》の設計図《せっけいず》を手《て》に入《い》れ、アコカイナ国《こく》の二倍大《ばいおお》きく、塔《とう》の数《かず》が二倍多《ばいおお》いだけの、そんな設計図を作り直《なお》しました。建設大臣《けんせつだいじん》は、出来《でき》た設計図《せっけいず》を見て、ため息《いき》をつきました。そしてそれを王様《おうさま》のところに持《も》っていきました。

「やればいいじゃないか」

設計図《せっけいず》を見《み》て王様は言《い》いました。建設大臣《けんせつだいじん》は何《なに》か言いかけて、やっぱり言うのをやめました。

王様の部屋《へや》を出て、建設大臣はすぐに城《しろ》を建《た》てる準備《じゅんび》を始《はじ》めました。人《ひと》を集《あつ》めたり、材料《ざいりょう》を集めたり、やることはいっぱいです。城を作り始めろと言われた日《ひ》はあと十日《とおか》に迫《せま》っています。大《おお》あわてで用意《ようい》しなければなりません。

建設大臣《けんせつだいじん》が城作《しろづく》りの準備《じゅんび》を始《はじ》めて三日目《みっかめ》、王様からの呼《よ》び出《だ》しがかかりました。何《なん》だろう？　と思《おも》って王様の部屋《へや》に行《い》くと、王様は、

「大きな大きな図書館《としょかん》を作れ。どこの国にもないやつをな」

と言いました。それを聞《き》いて驚《おどろ》いた建設大臣は、

「ですが、まだ城《しろ》の準備《じゅんび》の途中《とちゅう》です」

と言《い》いました。

「出来《でき》るだろう」

と王様《おうさま》は言いました。

「お城を作《つく》るなんて私《わたし》は初《はじ》めてのことです。まずはそれをきちんと作りたいのです」

と建設大臣《けんせつだいじん》は言いました。

「もちろん、それはきちんとやらねばならないよ。だけど、図書館《としょかん》は民《たみ》のためのものだぞ。大臣《だいじん》は民《たみ》のためにいるんじゃないのか？」

今度《こんど》は王様が言いました。王様の言うことはもっともでした。たしかに大臣は民《たみ》のためにいます。建設《けんせつ》大臣だってそれは分《わ》かっていました。

そういうわけで建設大臣は、お城を作る計画《けいかく》を進《すす》めながら、図書館《としょかん》を作る計画《けいかく》を進《すす》めることになりました。

王様《おうさま》の頭《あたま》には、このドコナンダ国《こく》を素敵《すてき》な国《くに》にするためのアイデアが次《つぎ》から次へと浮《う》かんできます。それらを全《すべ》て実現《じつげん》できれば、どこの国《くに》にも負《ま》けない、本当《ほんとう》に素晴《すば》らしい国になるに違《ちが》いありませんでした。いえ、実現《じつげん》しなければなりません。世界一《せかいいち》の、輝《かがや》くような、立派《りっぱ》な立派な夢《ゆめ》のような国にすると決《き》めたのですから！　民《たみ》たちみんなは、自分《じぶん》に感謝《かんしゃ》するに違《ちが》いありません。古《ふる》くさい国が大変身《だいへんしん》した後《あと》、民《たみ》たちが自分に何《なに》を言ってくれるか、王様は楽《たの》しみでなりませんでした。

「こんな立派《りっぱ》な王様、今《いま》までいなかった！」「王様はこの古《ふる》くさい国を新《あたら》しい国にしてくれた！」「今までの王様なんて比《くら》べ物《もの》にならないくらい素敵《すてき》な王様だ！」きっとそんなふうに言ってくれるに違《ちが》いない。早《はや》くその日《ひ》がくればいいのに、と王様はワクワクする気持《きも》ちで胸《むね》がいっぱいでした。

大《おお》きな図書館《としょかん》を建《た》てることを決《き》めた王様は、次《つぎ》に世界中《せかいじゅう》から色《いろ》んな本《ほん》を集《あつ》めなければならないことに気《き》が付《つ》きました。文化大臣《ぶんかだいじん》に、とにかくたくさんの本を集《あつ》めるように命《めい》じました。

世界中《せかいじゅう》から、と言《い》われて文化大臣《ぶんかだいじん》は困《こま》ってしまいました。何《なに》しろドコナンダ国《こく》はこれまでほかの国《くに》とは交流《こうりゅう》のなかった国です。いったいどうやってほかの国から本《ほん》を集めれば良《よ》いのか分《わ》かりませんでした。そこで王様に聞《き》くことにしました。

「がっかりだな」

質問《しつもん》しに来《き》た文化大臣《ぶんかだいじん》に、王様はまず、こう言いました。それから文化大臣の顔《かお》をじっと見《み》て、

「建設《けんせつ》大臣といい、君《きみ》といい、ここの国《くに》の大臣《だいじん》はどうしてわしに聞いてばかりなんだ？　自分《じぶん》の頭《あたま》で考《かんが》えることが出来《でき》ないのか」

と言って深《ふか》い深い、大《おお》きなため息《いき》をつきました。

「そうやって、いちいち聞《き》かなきゃ何一つ《なにひと》出来《でき》やしないから、何もかも遅《おそ》くなって、気《き》が付《つ》けばよその国《くに》より百年《ひゃくねん》も遅《おく》れてしまったんだよ、この国は。そうだ、そうに違《ちが》いない。これからは何もかも早《はや》く行《おこな》わねばならん。早くよその国に追《お》いついて、そして追《お》い越《こ》さねばならんのだからな！」

「けれども王様《おうさま》、わがドコナンダ国《こく》は、これまで何事《なにごと》も、王様と全《すべ》ての大臣《だいじん》みんなで会議《かいぎ》をして、じっくり考《かんが》えてから何事も決《き》めるのが普通《ふつう》でございました。ところが、あなた様《さま》がいらっしゃってから、会議《かいぎ》は行《おこな》われないのに、やることが次々《つぎつぎ》と決《き》められております。この国《くに》で生《う》まれ育《そだ》ったわれわれが急《きゅう》な変化《へんか》にとまどうのも、いたしかたないとは思《おも》われませんか」

「思わぬな」

きっぱりハッキリと王様は言いました。

「良《よ》いか、文化《ぶんか》大臣《だいじん》。変《か》わらないというのはゼロですらないぞ。進歩《しんぽ》がないのはマイナスだ。悪《わる》いことなんだ。この国《くに》はまだまだ変《か》われる未来《みらい》が待《ま》っているのに、ボヤボヤして今《いま》のままでいいなんてはずがないんだ。お前《まえ》たちはよその国を知《し》らないから今のままでいいなんて言《い》えるのさ。よその国を知ったらそんなこと言えなくなるさ。わしが育《そだ》ったアコカイナ国《こく》のすごいことといったら！　まあ良《よ》い、よその国《くに》の本《ほん》を集《あつ》める役目《やくめ》は外交大臣《がいこうだいじん》に任《まか》せよう」

王様の言葉《ことば》に文化大臣《ぶんかだいじん》は目《め》を丸《まる》くしました。そうして恐《おそ》る恐る、

「外交《がいこう》大臣などわが国《くに》におりませんが……」

と、首《くび》をひねりながら文化《ぶんか》大臣が言うと、

「わしがアコカイナ国《こく》から連《つ》れてきた優秀《ゆうしゅう》な若者《わかもの》がいるからな、その男《おとこ》をわが国初《くにはつ》の外交大臣《がいこうだいじん》にするつもりなのさ」

と王様は機嫌《きげん》が直《なお》ったようにハッハッハと高《たか》らかな笑《わら》い声《ごえ》を部屋《へや》いっぱいに響《ひび》かせました。

「王様《おうさま》、でしたら会議《かいぎ》を開《ひら》かれませんと。新《あら》たな大臣《だいじん》を作《つく》るときは、今《いま》いる大臣の半数《はんすう》の賛成《さんせい》を得《え》ることが、ドコナンダ国《こく》で決《き》められた条件《じょうけん》でございますれば」

「じゃあ、今すぐ全《すべ》ての大臣《だいじん》を呼《よ》びつけよ。今すぐだ‼」

またしても機嫌《きげん》の悪《わる》くなった王様はムスッとしてこう言いました。

部屋《へや》を飛《と》び出《だ》した文化《ぶんか》大臣は大《おお》あわてで大臣たちを呼《よ》び集《あつ》めました。お城《しろ》と図書館《としょかん》作《づく》りでてんてこまいの建設《けんせつ》大臣と、新《あたら》しい学校《がっこう》システム作《づく》りであたふたしている教育《きょういく》大臣と、まるで夢《ゆめ》のようなお花畑《はなばたけ》を作《つく》らねばならなくて頭《あたま》を悩《なや》ませている環境《かんきょう》大臣と、今まで考《かんが》えたこともないような立派《りっぱ》な軍隊《ぐんたい》を作ることになった軍務《ぐんむ》大臣と、そんな色々《いろいろ》な物《もの》のお金《かね》をどこから集《あつ》めようかとうんうんうなっていた財務《ざいむ》大臣と、この国《くに》にこれまであった決《き》まりを全《すべ》て分《わ》かりやすくまとめて王様に説明《せつめい》する準備《じゅんび》をしていた法律《ほうりつ》大臣と、自分《じぶん》だけや

ることがなくって困《こま》っていた伝統《でんとう》保護《ほご》大臣《だいじん》と、それからあと、四、五人《にん》の大臣《だいじん》を。

一堂《いちどう》に集《あつ》まった大臣《だいじん》に、王様《おうさま》は言《い》いました。

「新《あたら》しい大臣を作《つく》るぞ。外交《がいこう》大臣だ。やる人間《にんげん》も決《き》めてある、こいつだ。さあ、もういいぞ。解散《かいさん》だ」

法律《ほうりつ》大臣は驚《おどろ》いて、

「話《はな》し合《あ》いをして、それから多数決《たすうけつ》をとりませんと……」

と、早々《はやばや》と自分《じぶん》の部屋《へや》に戻《もど》ろうとする王様に言いました。王様はくるりと振《ふ》り返《かえ》って法律《ほうりつ》大臣をにらみました。

「全《まった》くバカなことをいうやつだ。そんなことしていたら時間《じかん》がいくらあっても足《た》りないだろう。お前《まえ》たち大臣《だいじん》には自分の仕事《しごと》があるだろう。早《はや》くそれぞれの仕事《しごと》に取《と》りかかれ！　さあ、今《いま》すぐだ」

それだけ言《い》うと王様《おうさま》は、今度《こんど》こそ自分《じぶん》の部屋《へや》に戻《もど》ろうとしましたが、今度は伝統保護大臣《でんとうほごだいじん》が立《た》ち上《あ》がって言いました。

「王様、ですが、みなで話《はな》し合《あ》って決《き》めるのが、わが国《くに》の伝統《でんとう》でございますれば……」

「あぁ、もう本当《ほんとう》にこの国《くに》ときたら！　古《ふる》くさい古くさい。いやだいやだ。わしがやると言ったら絶対《ぜったい》にやるんだ。やらないなんてことがあるものか。いいか、これから話《はな》し合《あ》いなんてしないからな。何《なに》か言いたいことがあるヤツは直接《ちょくせつ》わしに言いに来《こ》い。話《はなし》はいつでも聞《き》いてやる。さあ、解散《かいさん》だ。ちんたらせずにすぐに仕事《しごと》だ！」

ぷりぷり怒《おこ》りながら出《で》ていく王様の背中《せなか》を見送《みおく》って、何人《なんにん》かの大臣《だいじん》は大《おお》きなため息《いき》をついて部屋《へや》を出て行《い》きました。残《のこ》った大臣の中《なか》で一番年若《いちばんとしわか》い軍務《ぐんむ》大臣が、

「でも王様《おうさま》は、話《はなし》を聞《き》いてくださるとおっしゃっていたじゃないですか。今《いま》から少《すこ》し思《おも》ったことを言《い》ってきます。きっと分《わ》かってくださるに違《ちが》いない。みなさん待《ま》っていてください！」

と言って、元気《げんき》よく部屋《へや》を飛《と》び出《だ》していきました。待《ま》っていてくださいと言われたので、残《のこ》っていた大臣《だいじん》たちは待つことにしましたが、なかなか軍務《ぐんむ》大臣が戻《もど》ってきません。高《たか》い位置《いち》で輝《かがや》いていた太陽《たいよう》が、ずいぶんナナメに傾《かたむ》いてきても、軍務《ぐんむ》大臣は帰《かえ》ってきません。

待《ま》っていてくださいと言ったことを忘《わす》れたのかも知《し》れないな、と言って数《すう》人《にん》の大臣《だいじん》は自分《じぶん》の仕事場《しごとば》に戻《もど》ることにしました。残《のこ》ったのは環境《かんきょう》大臣と財務《ざいむ》大臣の二人《ふたり》だけでした。

すっかり太陽《たいよう》が山《やま》の後《うし》ろに隠《かく》れてしまったので、さすがに環境《かんきょう》大臣も財務《ざいむ》大臣も帰《かえ》ることに決《き》め、部屋《へや》を出《で》ようとしたその時《とき》、軍務《ぐんむ》大臣が戻《もど》ってきました。

元気《げんき》よく出ていった軍務大臣《ぐんむだいじん》とはまるで別人《べつじん》のような、ぐったりした様子《ようす》です。ビックリして二人《ふたり》の大臣は何《なに》があったのか聞《き》きました。

「いえ、ただ、お話《はな》ししていただけです」

軍務《ぐんむ》大臣は疲《つか》れた様子《ようす》でこう答《こた》えます。

「ずいぶん長《なが》い間《あいだ》話していたんだね、王様は君《きみ》が言いたいことを分《わ》かってくださったかね？」

財務《ざいむ》大臣がたずねると、軍務《ぐんむ》大臣はすっかり肩《かた》を落《お》として首《くび》を横《よこ》に振《ふ》ります。

「じゃあ、それで長いこと説得《せっとく》しようとがんばって、ねばっていたのかい」

環境《かんきょう》大臣が聞《き》くと、今度《こんど》も軍務《ぐんむ》大臣は首《くび》を横《よこ》に振《ふ》ります。

「……王様の、理想《りそう》の国《くに》のお話《はなし》と、前《まえ》に住《す》んでいらっしゃったアコカイナ国《こく》のお話《はなし》を聞《き》いていました。王様《おうさま》の理想《りそう》はとても高《たか》くて、本当《ほんとう》に民《たみ》のことを考《かんが》えてらっしゃることも、よーく分《わ》かりました」

元気《げんき》なく軍務《ぐんむ》大臣《だいじん》が言《い》います。そんな軍務《ぐんむ》大臣を心配《しんぱい》しながらも二人《ふたり》の大臣《だいじん》が話しかけます。

「それにしても元気がないね、軍務《ぐんむ》大臣。やっぱり自分《じぶん》の言いたいことを聞《き》いてもらえなかったのがショックなのかい？」

「ずいぶんと長《なが》いお話で疲《つか》れたのかい」

「いえ、何《なん》と申《もう》しますか、自分がダメな人間《にんげん》であることが悲《かな》しいのです」

「君《きみ》がダメな人間《にんげん》だって！　王様がそうおっしゃったのかい？」

「違《ちが》うんです。王様がおっしゃったわけではありません。ただ、王様の理想《りそう》が本当《ほんとう》に高くて、とても私《わたし》にはできそうにないと、そう思《おも》って悲《かな》しくなっただけなのです。それで、つい私はまだまだ未熟者《みじゅくもの》で経験《けいけん》も浅《あさ》く、王様のおっしゃることを急《きゅう》にはできそうにないと、言《い》ってしまったのです。そうしたら、王様は、そんなことを言うヤツは嫌《きら》いだ、世《よ》の中《なか》に出来《でき》ないことなんてない、古《ふる》くさいこの国《くに》だって新《あたら》しくなれるさ、民《たみ》のためにお前《まえ》はそうしなきゃならないとおっしゃったのです。私《わたし》はやりたくないといったわけじゃない。ですが……」

そこまで言うと軍務大臣《ぐんむだいじん》は、わぁっーと泣《な》き出《だ》してしまいました。二人《ふたり》の大臣はどうしていいか分《わ》からず、オロオロしながら軍務《ぐんむ》大臣の肩《かた》をトントンと優《やさ》しくたたいてやりました。しばらく泣《な》いた後《あと》、軍務大臣は顔《かお》を上《あ》げて言いました。

「王様は立派《りっぱ》な方《かた》です。本当《ほんとう》に、本当にそう思《おも》います。でも、私《わたし》では力不足《ちからぶそく》です。もっと知恵《ちえ》も経験《けいけん》もある人《ひと》が軍務大臣《ぐんむだいじん》となって王様の支《ささ》えとなるべきです。私には出来《でき》そうにありません」

「まあまあ、君《きみ》はまだ若《わか》いんだからそうあせらず、ゆっくり力《ちから》をつけていけばいいんだよ」

財務《ざいむ》大臣《だいじん》のその言葉《ことば》にも、軍務《ぐんむ》大臣は激《はげ》しく首《くび》を振《ふ》ります。

「ゆっくりでいいなんて、そんなの昔《むかし》のドコナンダ国《こく》です。今《いま》は、今の王様《おうさま》は、早《はや》く新《あたら》しい国《くに》にしたいと思《おも》ってらっしゃるんです、民《たみ》のために‼」

「それは、もちろん分《わ》かるよ。われわれだって民《たみ》のことを考《かんが》えていないわけじゃないさ。ただ、王様の言《い》うようなスピードで何《なに》もかも急《きゅう》に変《か》わるのには若《わか》い君《きみ》以上《いじょう》に、年老《としお》いたわれわれにだってできないものだ、なあ、環境大臣《かんきょう》」

「……王様は全《まった》く新《あたら》しいドコナンダ国《こく》をお望《のぞ》みだが、私《わたし》は昔《むかし》からのドコナンダ国《こく》が好《す》きだがなぁ。古《ふる》くさいのかねぇ、こんな考えは」

そこにいた三人《にん》の大臣《だいじん》は、三人とも黙《だま》ってしまいました。気《き》が付《つ》けば辺《あた》りも暗《くら》くなってきたので、三人の大臣は帰《かえ》ることにしました。

次《つぎ》の日《ひ》も、王様《おうさま》はまた、いいことを思《おも》い付《つ》きました。

「そうだ、毎週《まいしゅう》木曜日《もくようび》、民《たみ》を広場《ひろば》に集《あつ》めて祭《まつ》りをしよう！」

そして王様は文化大臣《ぶんかだいじん》を呼《よ》び出《だ》しました。文化《ぶんか》大臣に、祭《まつ》りの計画《けいかく》を立《た》てるように命《めい》じました。

「どんな祭《まつ》りをするのですか？」

文化《ぶんか》大臣が聞《き》くと、

「また聞くのか！　どうしていちいちわしに聞かなきゃやれないんだ。中身《なかみ》なんてどうでもいいのさ。やるってことが大事《だいじ》なんだ。広場《ひろば》に民《たみ》が集《あつ》まって笑《わら》って踊《おど》っているなんて素敵《すてき》で幸《しあわ》せな国《くに》じゃないか」

と王様は怒《おこ》り出《だ》しました。

「すみませんが王様、私《わたし》は今《いま》、王様に命《めい》じられた図書館《としょかん》の本《ほん》の準備《じゅんび》でてんてこまいです。祭《まつ》りの計画《けいかく》はもう少《すこ》し待《ま》っていただけませんか」

びくびくしながら文化大臣《ぶんかだいじん》が言《い》うと、

「忙《いそが》しいのは自分《じぶん》だけだとでも言いたいのかね、文化大臣《ぶんか》。建設大臣《けんせつ》だって城《しろ》と図書館《としょかん》を作《つく》っているし、ほかの大臣《だいじん》たちだって一度《いちど》に色々《いろいろ》やってるんだぞ」

「それは分《わ》かっておりますが、王様のご命令《めいれい》の仕事《しごと》以外《いがい》に、私《わたし》にはもともとやらねばならない仕事《しごと》も山《やま》ほどございますゆえ」

「そもそも、こんな小《ち》さな国《くに》でやることなんて、たかが知《し》れているだろう。こんな小《ち》さな古《ふる》くさい国でもともとやっていたことなんて、大変《たいへん》であるはずがない。言《い》い訳《わけ》なんて聞《き》きたくないぞ。ここで大変だなんて言うヤツは、ほかの国じゃ通用《つうよう》しないからな！」

王様の言い方《かた》に少《すこ》し傷《きず》つきましたが、ほかの国のことを知らない文化大臣《ぶんかだいじん》は、王様の言うことは正《ただ》しいのかも知れないと思《おも》い、何《なに》も言い返《かえ》せませんでした。それに王様《おうさま》は偉《えら》い人《ひと》です。言《い》い返《かえ》したら怒《おこ》られるに決《き》まっています。
怒《おこ》るととても怖《こわ》いので、何《なに》も言わないのが一番《いちばん》だ、と思《おも》いました。それから
ふと、文化大臣《ぶんかだいじん》はあることに気《き》が付《つ》きました。
「ところで王様、わが国《くに》に大《おお》きな広場《ひろば》はございませんが……」
すると王様は、
「それはこれから建設《けんせつ》大臣に作《つく》らせるさ」
とにっこり笑《わら》って言いました。
建設《けんせつ》大臣は城《しろ》を作って、図書館《としょかん》を作って、さらに広場《ひろば》を作るのか、大変《たいへん》だ
な、と一瞬《いっしゅん》思《おも》いましたが、すぐに自分《じぶん》には関係《かんけい》ないと文化《ぶんか》大臣は思いました。
ここで自分が建設《けんせつ》大臣のことで王様を怒《おこ》らせるのは損《そん》な気《き》がしました。そん
なことより、自分の仕事《しごと》をしなければなりません。時間《じかん》がないのです。文化《ぶんか》
大臣はそのまま、とぼとぼと重《おも》い足取《あしど》りで、いずれ取《と》り壊《こわ》される古《ふる》い図書館《としょかん》

に向《む》かって歩《ある》いて行《い》きました。図書館《としょかん》に入《はい》ると、もともとあった本《ほん》がごっそりなくなっています。

びっくりして図書館警備《けいび》の兵士《へいし》に聞《き》くと、伝統保護大臣《でんとうほごだいじん》がすっかり全部《ぜんぶ》持《も》っていってしまったというのです。文化《ぶんか》大臣は、伝統保護《でんとうほご》大臣のいる伝統保護館《かん》に飛《と》んで行きました。

伝統保護館《でんとうほごかん》の庭《にわ》からもくもくと煙《けむり》が出《で》ています。庭《にわ》には何《なに》かを燃《も》やしている伝統保護大臣がいました。何《なに》か、は図書館《としょかん》から持《も》ち去《さ》られた古《ふる》い本《ほん》でした。

「待《ま》て待て。何《なん》てことをしてくれたんだ。勝手《かって》に図書館の本を持ち出して、しかも燃《も》やしてしまうなんてどうかしてる！　伝統保護《でんとうほご》大臣、勝手《かって》な真似《まね》はやめてくれ。君《きみ》は仕事《しごと》がなくてヒマだから腹《はら》いせかい？」

「仕事《しごと》がないだって？　これが仕事だよ、文化《ぶんか》大臣。それに知《し》らないだろうが、私《わたし》はもう伝統保護《ほご》大臣なんかじゃないぞ。伝統作成《さくせい》大臣だ。古《ふる》い伝統は全《すべ》て破壊《はかい》して、新《あたら》しい伝統《でんとう》を作《つく》っていくのが私《わたし》の役目《やくめ》なんだ」

「伝統作成大臣《でんとうさくせいだいじん》だって？　バカなことを言《い》うもんじゃない。聞《き》いてないぞ、そんなこと！」

「昨日《きのう》の夜決《よるき》まったのさ。王様《おうさま》の命令《めいれい》だから絶対《ぜったい》なのさ」

「しかし、新《あたら》しい図書館《としょかん》はまだ出来《でき》ていないし、新しい本《ほん》だってまだそろってない。それに古《ふる》い本だって役《やく》に立《た》つものはいっぱいあったのに。なんてことをしてくれたんだ」

そう言って、こぶしを握《にぎ》りしめて近《ちか》づいてくる文化《ぶんか》大臣に後《あと》ずさりしながら、伝統保護《ほご》大臣改《あらた》め、伝統作成《さくせい》大臣が苦笑《にがわら》いして言います。

「待《ま》て待て！　文化《ぶんか》大臣。私《わたし》に文句《もんく》を言われても困《こま》るよ。私は王様の命令《めいれい》でやっただけなんだから。悪《わる》いのは私じゃない。そうだろう」

そう言われればそんな気《き》もします。しかし、命令《めいれい》したのは王様でも、やっ

ぱりやったのは伝統作成大臣《でんとうさくせいだいじん》だから伝統作成大臣にも腹《はら》が立《た》ちます。

「一言《ひとこと》くらい、私《わたし》に言《い》ってからやるべきだろう！　勝手《かって》に持《も》っていくなんて、あんまりだ‼」

「私だって好《す》きでやったわけじゃないぞ。命令《めいれい》だからやっただけなのに文句《もんく》を言われたって困《こま》るよ」

「じゃあ、自分《じぶん》は全《まった》く悪《わる》くないって言うのか？　そんな無責任《むせきにん》なことあるものか」

怒《いか》りをぶつけてくる文化大臣《ぶんかだいじん》に、伝統作成《でんとうさくせい》大臣も、だんだん腹《はら》が立ってきました。

「分《わ》かったよ、謝《あやま》ればいいんだろう、謝《あやま》れば。ただし、まずは王様《おうさま》に文句《もんく》を言《い》ってくるんだな。私《わたし》が謝《あやま》るのはそれからだ。さあ、早《はや》く王様のもとに行《い》って、今《いま》私に言ったように文句《もんく》を言うがいい」

文化大臣《ぶんかだいじん》はぐっとくちびるをかみしめました。それを見《み》て勝《か》ち誇《ほこ》ったような顔《かお》で伝統作成大臣《でんとうさくせい》は、

「ほら、言《い》えないくせに」

と言いました。文化大臣《ぶんか》は、まだ燃《も》やされていない本《ほん》を四、五冊《さつ》抱《だ》きかかえて、逃《に》げるように伝統保護館《でんとうほごかん》を出《で》て行《い》きました。

その姿《すがた》を見ながら伝統作成大臣《さくせい》は、王様に直接《ちょくせつ》文句《もんく》を言う勇気《ゆうき》もないくせに、自分《じぶん》にえらそうなことを言った文化大臣《ぶんか》を嫌《いや》なヤツだな、と思《おも》いました。ひきょうなヤツだな、とも思いました。

「そんなに文句《もんく》があるなら、私《わたし》が代《か》わりに王様に伝《つた》えてやろうじゃないか」

名案《めいあん》だとばかりに伝統作成大臣は城《しろ》の王様のもとに向《む》かいました。

昼寝《ひるね》をしていたのに起《お》こされた王様は少《すこ》し不機嫌《ふきげん》でしたが、伝統作成大臣から文化大臣《ぶんか》が自分《じぶん》の知《し》らないところで自分に対《たい》する文句《もんく》を言っていたと知

らされ、少《すこ》しどころではなく不機嫌《ふきげん》になってしまいました。

放《ほう》っておくわけにはいきません。王様《おうさま》はすぐさま文化大臣《ぶんかだいじん》を呼《よ》びつけました。

朝呼《あさよ》ばれたばかりなのに、今度《こんど》は一体何《いったいなん》なんだと、うんざりしながら文化大臣は王様の部屋《へや》に行《い》きました。

「お前《まえ》は、わしのやることに文句《もんく》があるのだそうだな」

文化大臣《ぶんかだいじん》が部屋に入《はい》るなり、むすっとした顔《かお》で王様は言いました。

驚《おどろ》いて文化大臣は目《め》を見開《みひら》きました。

「言《い》いたいことがあるなら、わしに直接《ちょくせつ》言え。裏《うら》でわしの悪口《わるぐち》を言うなんて、なんてひどいヤツなんだ。お前のようなヤツ信頼《しんらい》できん」

「王様、それは誤解《ごかい》でございます。悪口《わるぐち》など申《もう》した覚《おぼ》えがございません！」

「言《い》い訳《わけ》など聞《き》きたくない。帰《かえ》れ帰れ。言いたいのはそれだけだ」

「しかし王様《おうさま》、本当《ほんとう》に悪口《わるぐち》を言《い》った覚《おぼ》えなどないのでございます」

「伝統作成大臣《でんとうさくせいだいじん》に言ったそうじゃないか。わしは何《なん》の相談《そうだん》もなく勝手《かって》に物事《ものごと》を進《すす》める王様だと」

確《たし》かに心《こころ》の中《なか》では思《おも》いました。けれども言っては、いませんでしたので、文化大臣《ぶんかだいじん》は必死《ひっし》に否定《ひてい》しました。

「勝手《かって》にするなと言ったのは伝統作成《でんとうさくせい》大臣に対《たい》してであって、王様にではありません」

それは事実《じじつ》でした。けっして嘘《うそ》ではありません。文化《ぶんか》大臣は必死《ひっし》で言いました。

「もういい。聞《き》きたくない。帰《かえ》れ帰れ」

王様は文化大臣の方《ほう》をもう見《み》ようともせずに布団《ふとん》の中《なか》にもぐりこんでしまいました。文化大臣はあきらめて部屋《へや》を出《で》て行《い》きました。

帰《かえ》る途中《とちゅう》、文化大臣《ぶんかだいじん》は忙《いそが》しそうに走《はし》り回《まわ》っている環境大臣《かんきょうだいじん》に出会《であ》いました。

青《あお》ざめた顔《かお》で歩《ある》いている文化大臣を見て環境大臣は心配《しんぱい》して声《こえ》をかけました。

「何《なに》かあったのかい」

数多《かずおお》くいる大臣《だいじん》の中《なか》でも環境《かんきょう》大臣とは特《とく》に仲《なか》が良《よ》かったこともあり、文化大臣は王様のことや伝統作成《でんとうさくせい》大臣のことなど、今日《きょう》あったことを勢《いきお》いよく話《はな》しました。

「そりゃあ、ひどい」

環境《かんきょう》大臣のその一言《ひとこと》に、文化《ぶんか》大臣はホッとしました。自分《じぶん》の味方《みかた》がいる気《き》がしました。そう思《おも》うと、がぜん強気《つよき》になってきました。

「やっぱり君《きみ》もそう思うか！　そうだな、あの男《おとこ》はひどいな。もう伝統《でんとう》作成大臣は信《しん》じられないな」

「ああ。みんなにも気《き》をつけるように言っておこう。王様にあることないこと告《つ》げ口《ぐち》されちゃあ、たまらんからな」

「そうだよ、それがいい。そうするべきだ」

文化大臣《ぶんかだいじん》は、環境大臣《かんきょうだいじん》に話《はなし》を聞《き》いてもらって胸《むね》がスッとしました。イライラした気持《きも》ちも少《すこ》しやわらぎました。

その日以降《ひいこう》、環境大臣《かんきょうだいじん》は出会《であ》ったほかの大臣に伝統作成大臣《でんとうさくせいだいじん》が文化《ぶんか》大臣にしたことを話《はな》しました。聞《き》いた大臣《だいじん》たちは、伝統作成大臣には気《き》をつけないと、と思《おも》うようになりました。

だから伝統作成《でんとうさくせい》大臣と出会《であ》っても、あいさつだけして、そそくさとどこかに行《い》くようになりました。伝統作成大臣が、なんだか最近《さいきん》おかしいなと感《かん》じ始《はじ》めた頃《ころ》、伝統作成大臣と仲《なか》の良《よ》い法律《ほうりつ》大臣がやってきて、人目《ひとめ》を気にしながら耳元《みみもと》でささやきました。

「伝統作成大臣、君《きみ》、大変《たいへん》なことになっているよ」

「大変《たいへん》なことって？」

「うむ、君《きみ》が王様《おうさま》に告《つ》げ口《ぐち》をするひきょうなヤツだってウワサで持《も》ちきりなんだよ」

「なんだって！」

心当《こころあ》たりはありました。犯人《はんにん》は間違《まちが》いなく文化《ぶんか》大臣《だいじん》だと思《おも》いました。

「あいつは嘘《うそ》つきだ！」

伝統《でんとう》作成《さくせい》大臣《だいじん》のその言葉《ことば》を聞《き》いて、法律《ほうりつ》大臣はうなずきました。

「私《わたし》は君《きみ》を信《しん》じているよ、伝統作成大臣。嘘《うそ》つきはあっちなんだな」

今度《こんど》は伝統作成大臣が法律《ほうりつ》大臣の言葉《ことば》に何度《なんど》も何度もうなずきました。

「よし、私に任《まか》せたまえ」

そう言って、法律《ほうりつ》大臣は離《はな》れていきました。それからほんの数日《すうじつ》のうちに、『環境《かんきょう》大臣は大嘘《おおうそ》つきだ』というウワサが広《ひろ》まっていました。

これを聞《き》いて伝統作成大臣《でんとうさくせいだいじん》は驚《おどろ》きました。そして、法律《ほうりつ》大臣が文化《ぶんか》大臣と環境《かんきょう》大臣を勘違《かんちが》いして広《ひろ》めたのだと気付《きづ》きました。しかし、法律大臣が勘違《かんちが》いしたということは、もともと『伝統作成大臣が王様《おうさま》に告《つ》げ口《ぐち》をした』というウワサを広めたのが環境大臣だったのだということです。伝統作成大臣はそのことにも気付《きづ》きました。それから、環境大臣と文化大臣は仲《なか》が良《よ》かったことを思《おも》い出《だ》しました。

だったら環境《かんきょう》大臣だって自分《じぶん》の敵《てき》に違《ちが》いありません。それに、法律《ほうりつ》大臣は人違《ひとちが》いしたけれど、自分のために動《うご》いてくれたいい人《ひと》ですし、わざと間違《まちが》えたわけでもありません。もし、人違《ひとちが》いで人のことを悪《わる》く言って回《まわ》ったと知《し》ったら、法律《ほうりつ》大臣は傷《きず》つくに違《ちが》いありません。

それならば、言わないでおこう、と伝統作成《でんとうさくせい》大臣は決《き》めました。

環境《かんきょう》大臣がほかの人《ひと》からどう思われるかよりも、法律《ほうりつ》大臣のことを大切《たいせつ》にしたいと思《おも》ったのです。

それからもう、そのことを考《かんが》えるのはやめることにしました。やらなければならないことがたくさんあるので、他人《たにん》のことを考えているような余裕《よゆう》はありません。

忙《いそが》しい、忙しいと言いながら、伝統作成大臣《でんとうさくせいだいじん》は部下《ぶか》と共《とも》に町《まち》へ行《い》って、古《ふる》い塔《とう》を壊《こわ》し、古《ふる》い教会《きょうかい》を壊《こわ》し、そして古い家《いえ》もどんどん壊《こわ》してゆきました。建《た》てられてから五十年以上《ねんいじょう》経《た》ったものは残《のこ》らず全部《ぜんぶ》、どんどん壊《こわ》さねばなりません。だってそれが王様《おうさま》に命《めい》じられた仕事《しごと》だったのですから。

けれどもそれは、簡単《かんたん》なことではありませんでした。どこへ行っても、文《もん》句《く》を言《い》われました。

「まだ住《す》めるのに」「昔《むかし》からある伝統《でんとう》ある建物《たてもの》なのに」「なんてひどいことをするんだ」「大切《たいせつ》な場所《ばしょ》なんだ」「やめてくれ」など挙《あ》げればきりがありませ

ん。ほかにも色々《いろいろ》と言《い》われましたが、伝統作成大臣《でんとうさくせいだいじん》の言うことはいつも同《おな》じでした。

「文句《もんく》があるなら王様《おうさま》に言ってくれ！　私《わたし》は何《なに》も悪《わる》くない。言われたことをやってるだけだ。私は何も悪くないんだ！」

そう言って、誰《だれ》に何《なん》と言われようと、しなければならない仕事《しごと》をしてゆきました。

けれども人々《ひとびと》は決《き》まってこう言います。

「でもやってるのは、あんたじゃないか」

伝統作成大臣は、だんだん嫌《いや》になってきました。王様が命令《めいれい》するからやっているだけなのに、好《す》きでやってるんじゃないのに、それでも自分《じぶん》が悪《わる》いのでしょうか。どうしてこんなに自分《じぶん》ばかり責《せ》められるのか、どうしても納得《なっとく》がいきませんでした。

そんなある日《ひ》、伝統作成大臣《でんとうさくせいだいじん》がいつものように古《ふる》い建物《たてもの》を壊《こわ》していると、どこからともなく石《いし》が飛《と》んできて、伝統作成大臣の頭《あたま》に命中《めいちゅう》してしまいました。小《ちい》さな石《いし》でしたので、幸《さいわ》いケガはしませんでしたが、たまたまケガをしなかっただけで、もし目《め》に入《はい》っていたら目が見《み》えなくなっていたかも知《し》れませんし、打《う》ち所《どころ》が悪《わる》かったら死《し》んでいたかも知れません。

今回《こんかい》ケガをしなかったからといって、それでいいなんてことあるはずがありません。もし次《つぎ》があったら、そのときは大《おお》きなケガになるかも知《し》れないのですから。ですから、伝統作成大臣《でんとうさくせい》は、これは許《ゆる》してはおけない、と思《おも》いました。

人《ひと》に向《む》けて石《いし》を投《な》げるだなんて、じょうだんでも許《ゆる》せません。

「誰《だれ》だ！　いま、石を投《な》げたヤツは誰《だれ》だ‼」

伝統作成大臣は、周《まわ》りにいた人々《ひとびと》を順番《じゅんばん》にじろりと見てゆきました。する

と十歳《さい》くらいの男《おとこ》の子《こ》が、突然《とつぜん》、

「ぼくだよ。ぼくが石《いし》を投《な》げた！」

と言《い》うではありませんか。男の子は全《まった》く反省《はんせい》した様子《ようす》はありません。

「お前《まえ》か！　子《こ》どもだからって何《なん》だって許《ゆる》されるなんて思《おも》うなよ。悪《わる》いことをしたら大人《おとな》だって子どもだって罪《つみ》をつぐなわねばならん」

そう言って、伝統作成大臣《でんとうさくせいだいじん》は男《おとこ》の子の首《くび》ねっこをつかみました。男の子は足《あし》をバタバタさせながら抵抗《ていこう》します。

「おとなしくしろ」

伝統作成大臣がそう言っても、その男の子は、

「ぼくは悪《わる》くない、離《はな》せ」

と言うのです。しかし、投《な》げたのは間違《まちが》いなく自分《じぶん》だとも言います。伝統作成大臣はわけがわからなくなりました。一体《いったい》どういうことか説明《せつめい》しろとい

うと、男《おとこ》の子《こ》は、少《すこ》し離《はな》れたところにいた赤《あか》い服《ふく》の女《おんな》の子《こ》を指《ゆび》さしました。

男の子より二《ふた》つ、三《みっ》つ年上《としうえ》でしょうか。

「お姉《ねえ》ちゃんが、言《い》ったんだ。やれって。ぼくはやれって命令《めいれい》されたから投《な》げただけだよ。だからぼくは悪《わる》くない。そうでしょ」

そう言われた女《おんな》の子は、けろりとした表情《ひょうじょう》です。同《おな》じように反省《はんせい》などしていない様子《ようす》です。

「とんでもない。あたし、命令《めいれい》なんてしてないわ。石《いし》が誰《だれ》かに当《あ》たったらおもしろいのに、って言っただけよ。その子《こ》が本当《ほんとう》に投《な》げて、しかも大臣《だいじん》に当《あ》たるなんて思《おも》ってもみなかったわ。投《な》げた方《ほう》が悪《わる》いでしょ。あたしは投《な》げろなんて言ってないもの」

「ちょっと待《ま》ってよ！　うちのお姉《ねえ》ちゃんはすごく怖《こわ》いんだよ。投《な》げてなかったらきっと後《あと》からぼくに石《いし》を投《な》げたに違《ちが》いないいんだ。いっつもそうだもん。暑《あつ》いなあって言《い》ったら、うちわであおがないと、気《き》がきかない子《こ》ってつねるんだよ。当《あ》たったらおもしろいのにってのは投《な》げろっていう命令《めいれい》と同《おな》じなんだよ！」

「そんなの、あんたが勝手《かって》に考《かんが》えただけでしょ。あたしは知《し》らないわ」

「ぼくだって投《な》げたくて投げたんじゃないや！」

周《まわ》りの大人《おとな》たちは、伝統作成大臣《でんとうさくせいだいじん》がどっちが悪《わる》いというのか、おもしろそうに見《み》ていました。投《な》げた方《ほう》が悪《わる》い気《き》もします。でも命令《めいれい》した方《ほう》が悪い気もします。けれどもハッキリと命令《めいれい》したわけでもありません。でも男《おとこ》の子《こ》にしてみれば、命令《めいれい》されたようなものでした。

さてはてこれは、どちらが悪《わる》いのでしょうか？　しばらく悩《なや》んだ後《あと》、伝統《でんとう》作成大臣《さくせいだいじん》は、

「どっちも悪《わる》い！」

と言《い》いました。すると、周《まわ》りにいた大人《おとな》の一人《ひとり》が、からかうようにこう言います。

「おやおや、それじゃあ、王様《おうさま》の命令《めいれい》で、おれたちが嫌《いや》がっても建物《たてもの》を壊《こわ》してるあんたも、やっぱり悪《わる》いのかい？　あんた、命令《めいれい》されてやってるだけだから自分《じぶん》は悪《わる》くないって言ってなかったかい」

伝統作成大臣《でんとうさくせいだいじん》は慌《あわ》てて、

「命令《めいれい》した方《ほう》が悪《わる》い！」

と言《い》い直《なお》しました。すると、先《さき》ほどの男《おとこ》が周《まわ》りを見渡《みわた》しながらこう言います。

「おい、だれか、俺《おれ》に命令《めいれい》しないか。何《なん》だってするぜ」

すると誰《だれ》が言ったかハッキリしないくらい、あちこちから『大臣《だいじん》をこらしめてやれ』という声《こえ》があがりました。

「よしきた。大臣《だいじん》さん、俺《おれ》は命令《めいれい》されてやるだけだから恨《うら》むなよ！」

と言《い》って、その男《おとこ》は腕《うで》まくりします。びっくりして伝統作成《でんとうさくせい》大臣は、男《おとこ》の子《こ》も女《おんな》の子《こ》もほったらかしにして慌《あわ》ててその場《ば》を逃《に》げ出《だ》しました。

このままでは何《なに》をされるか分《わ》かったものではありません。伝統作成大臣は自分《じぶん》の家《いえ》に閉《と》じこもってしまいました。怖《こわ》くて外《そと》なんて歩《ある》けやしません。

伝統作成大臣が自分の家でじっとしている間《あいだ》に、建設大臣《けんせつだいじん》は城《しろ》を建《た》てて、図書館《としょかん》を作《つく》り、広場《ひろば》を作り、道《みち》を作っていました。窓《まど》の外《そと》から見《み》える景色《けしき》だけでも、もうずいぶんと昔《むかし》とは違《ちが》いました。ところが「変化《へんか》」はそれだけではすみませんでした。

なんと、端《はし》から自分《じぶん》の家が壊《こわ》されているではありませんか！　伝統作成大臣は、驚《おどろ》いて外《そと》へ飛《と》び出《だ》しました。壊《こわ》していたのは建設《けんせつ》大臣でした。

「やめてくれ！　なんてことするんだ。ここは私《わたし》の家《いえ》だぞ」

「あなたの仕事《しごと》をやってあげてるのに、その言《い》いぐさはなんですか。本来《ほんらい》、壊《こわ》すのは、あなたの役目《やくめ》でしょう、伝統作成大臣《でんとうさくせいだいじん》。私《わたし》は建《た》てたり作《つく》ったりするだけでも大変《たいへん》なのに、あなたが仕事《しごと》をしなくなったから余計《よけい》な仕事が増《ふ》えましたよ」

「とにかく、やめてくれ。この家《いえ》はまだまだ丈夫《じょうぶ》なんだから」

「でも、この家は建《た》ってから百年以上《ひゃくねんいじょう》経《た》ってるんですから、壊《こわ》さないと」

「百年経《た》ってたって、まだまだ使《つか》える家なのに！」

そう言《い》ってから、伝統作成大臣《でんとうさくせいだいじん》は、自分《しぶん》が壊《こわ》した建物《たてもの》の持《も》ち主《ぬし》たちと同《おな》じことを言っていると気付《きづ》きました。それから自分がそんな言葉《ことば》を無視《むし》して、建物《たてもの》を壊《こわ》したことも思《おも》い出《だ》しました。

「だいたい、せめて壊《こわ》す前《まえ》に一言《ひとこと》くらい言《い》ってくれたって……」

そう言ってから、伝統作成大臣は、自分《じぶん》が図書館《としょかん》の本《ほん》を持《も》ち出《だ》したときの文化大臣《ぶんかだいじん》と同《おな》じことを言《い》っていることに気《き》が付《つ》きました。

「何《なん》てことだ！　こんな目《め》にあうまで気付《きづ》かなかった！」

伝統作成大臣《でんとうさくせいだいじん》は、どうしたらいいのか分《わ》からなくなって頭《あたま》を抱《かか》えて、自分《じぶん》の部屋《へや》に駆《か》け込《こ》み、そのまま閉《と》じこもってしまいました。建設《けんせつ》大臣が外《そと》から声《こえ》をかけても、

「わざとじゃなかったんだ」

という声が返《かえ》ってくるばかり。伝統作成大臣の様子《ようす》がおかしいと王様《おうさま》に伝《つた》えなければ、と建設《けんせつ》大臣はお城《しろ》に向《む》かいました。

そういえば、王様に会《あ》うのは久《ひさ》しぶりです。忙《いそが》しかったので、王様と最後《さいご》に会ってから一体《いったい》どれくらいの日《ひ》が経《た》ったでしょうか。十日《とおか》くらいだったかも知《し》れません。十五日《にち》、いや、もう少《すこ》し長《なが》かったかも知れません。立派《りっぱ》なお城《しろ》に生《う》まれ変《か》わり、さぞかし王様は満足《まんぞく》していることだろう、望《のぞ》む通《とお》りの

国《くに》に変《か》わったのだから、と建設大臣《けんせつだいじん》は思《おも》いました。

王様《おうさま》の部屋《へや》の前《まえ》で、偶然《ぐうぜん》、建設大臣は環境大臣《かんきょう》に出会《であ》いました。環境大臣は、王様にまた呼《よ》び出《だ》されたのだ、とため息《いき》をついて言《い》いました。二人《ふたり》の大臣《じん》が王様の部屋《へや》に入《はい》ると、ちょうど王様は窓《まど》から国《くに》を眺《なが》めていました。

すっかり立派《りっぱ》になった国をお城《しろ》の窓《まど》から見下《みお》ろしているのに、王様はちっとも幸《しあわ》せそうではありませんでした。

「どうして、誰《だれ》もわしにありがとうと言ってはくれんのだ」

こんなに素晴《すば》らしい城《しろ》を作《つく》ったのに、道《みち》を作ったのに、店《みせ》を作ったのに、楽《たの》しい祭《まつ》りだって考《かんが》えたのに、と王様は悲《かな》しそうに言いました。

王様は不満《ふまん》でした。一生懸命《いっしょうけんめい》、民《たみ》のことを考えて、色々《いろいろ》この国《くに》を変《か》えてきたというのに、民《たみ》が自分《じぶん》に感謝《かんしゃ》してくれているという実感《じっかん》がわかないのです。

それを聞《き》いて建設《けんせつ》大臣は鼻《はな》で笑《わら》いました。

「王様《おうさま》とて同《おな》じではありませんか」

「何《なん》だと」

振《ふ》り返《かえ》って建設大臣《けんせつだいじん》を見《み》た王様の声《こえ》は少《すこ》し険《けわ》しくなりました。しかし建設大臣は落《お》ち着《つ》いた様子《ようす》で続《つづ》けます。

「王様だって、われわれ大臣《だいじん》にありがとうなんて一度《いちど》だって言ってくださったことはないでしょう。あなたが民《たみ》のために国《くに》を作《つく》ろうとなさったように、われわれだってあなたのために働《はたら》いているのに」

「わしのためではなく、民《たみ》のためだろう」

「いいえ。だってあなたは民《たみ》が何《なに》を望《のぞ》んでいるかなんて知《し》ろうともしていないではありませんか。あなたがおっしゃる古《ふる》くさい建物《たてもの》を壊《こわ》されて恨《うら》んでいる民《たみ》だっているのですよ。知らないでしょうけれど」

「そのかわり、新《あたら》しくて立派《りっぱ》なものをたくさん建《た》ててやったではないか」

「何《なに》がいいかなんて、人《ひと》によって違《ちが》いますよ、王様《おうさま》。私《わたし》たち大臣《だいじん》が作《つく》ったのは、王様が望《のぞ》んだ、あなただけの理想《りそう》の国《くに》。けれどもあなたは私に感謝《かんしゃ》などなさったことはないでしょう。それが当然《とうぜん》だと思《おも》っておられるから」

「偉《えら》そうに！」

王様も立《た》ち上《あ》がって、建設大臣《けんせつだいじん》をにらみつけました。

「まあまあ、二人《ふたり》とも落《お》ち着《つ》いてください。口《くち》に出《だ》さずとも、民《たみ》もきっと心《こころ》の中《なか》で感謝《かんしゃ》しておりましょう」

王様と建設《けんせつ》大臣の間《あいだ》に入《はい》って仲《なか》をとりもとうとした環境《かんきょう》大臣がそう言うと、
王様は鼻《はな》で笑《わら》いました。

「さすが、嘘《うそ》つき環境《かんきょう》大臣だ、口《くち》が上手《うま》い。適当《てきとう》なことを言ってこの場《ば》をごまかすつもりだろうが、そうはいかんぞ」

「私《わたし》が嘘《うそ》つきですと？　王様に嘘《うそ》を申《もう》し上《あ》げたことなど今《いま》まで一度《いちど》だってあ

りましたか。ないはずです」

「ふん。みんな言《い》っておるわ。お前《まえ》は嘘《うそ》つきだと。お前のことなどとっくに信用《しんよう》しておらんわ。嘘《うそ》つきにだまされるのはごめんだからな」

「そうですか、王様《おうさま》は私自身《わたしじしん》を見《み》るのではなく、ウワサで私《わたし》を決《き》めつけておられたのですか。ではこれ以上《いじょう》、私が何《なに》を申《もう》し上《あ》げてもむだというもの、それならばあなたが信頼《しんらい》する方《かた》に環境大臣《かんきょうだいじん》を任《まか》せれば良《よ》い。今日《きょう》を限《かぎ》りに私は環境大臣を辞《や》めさせていただきましょう」

止《と》める間《ま》もなく環境《かんきょう》大臣はそのまま部屋《へや》の外《そと》に出《で》て行《い》ってしまいました。

それと入《い》れ替《か》わるかのように、財務大臣《ざいむだいじん》が入《はい》ってきました。

「昼《ひる》に来《く》るよう言われていたのに遅《おそ》くなって申《もう》し訳《わけ》ありません」

「どうして遅《おく》れたんだ」

王様に聞《き》かれた財務《ざいむ》大臣は、

「建設大臣《けんせつだいじん》が今計画《いまけいかく》している、湖《みずうみ》に架《か》ける橋《はし》の材料《ざいりょう》の代金《だいきん》の支払《しはら》いを石屋《いしや》にしばらく待《ま》ってもらう交渉《こうしょう》に手間取《てまど》りまして」

と答《こた》え、財務大臣《ざいむ》は王様《おうさま》に一礼《いちれい》しました。財務大臣《ざいむ》の答えを聞《き》いて王様はびっくりしました。だって橋《はし》の建設《けんせつ》など何《なに》も知《し》らなかったのですから。

「どういうことだ、建設大臣。わしは知らんぞ！　報告《ほうこく》もせずに勝手《かって》に橋《はし》など作《つく》っているのか」

怒《おこ》った王様を見《み》て、建設《けんせつ》大臣は、なぜ怒《おこ》られているのか訳《わけ》が分《わ》からないといった様子《ようす》で王様の方《ほう》を見ました。

「自分《じぶん》で考《かんが》えろと、王様はいつもおっしゃるではありませんか。だから私《わたし》は自分で考えたのですが。いけませんでしたか」

「自分で考えろというのは、そんなふうに勝手《かって》なことをするのとは違《ちが》う！」

ますます王様の顔《かお》は真《ま》っ赤《か》になってゆきます。今《いま》にも噴火《ふんか》しそうとは、まさにこのことでしょう。

「民《たみ》のため、民のためだ、なんてもっともらしいことを言《い》っておきながら、王様《おうさま》、あなたは自分《じぶん》の思《おも》い通《どお》りにしたいだけだ。もう付《つ》き合《あ》いきれない」

建設大臣《けんせつだいじん》も怒《おこ》って部屋《へや》を出《で》て行《い》きました。

まだ立《た》ったままだった財務《ざいむ》大臣は、その様子《ようす》をきょとんとしながら見《み》ていました。

少《すこ》し、弱々《よわよわ》しい声《こえ》で、王様は財務《ざいむ》大臣にたずねました。

「なあ、財務大臣。わしはこの国《くに》を立派《りっぱ》にしたと思《おも》わんか」

「ええ、王様。この国はとても立派になりました。しかし、王様。王様が古《ふる》くさい、古《ふる》くさいとおっしゃるこのドコナンダ国《こく》が私《わたし》は好《す》きだったのです。きっと民《たみ》だって。国《くに》は、建物《たてもの》だけ立派《りっぱ》でも素晴《すば》らしいとは言えません。人《ひと》の心《こころ》が何《なに》よりも大事《だいじ》だと、私《わたし》は思《おも》いますよ」

「立派《りっぱ》な城《しろ》、立派な図書館《としょかん》、立派な庭《にわ》。民《たみ》の喜《よろこ》ぶ顔《かお》が見《み》たくてやったのに！」

「王様《おうさま》、自分《じぶん》の好《す》きな国《くに》を、『古《ふる》くさい』と言《い》われる気分《きぶん》は分《わ》かりますか？」

「事実《じじつ》じゃないか！」

「本当《ほんとう》のことなら、人《ひと》を傷《きず》つけてもいいと？」

王様は黙《だま》ってしまいました。財務《ざいむ》大臣《だいじん》は静《しず》かに続《つづ》けます。

「王様、あなたが良《よ》い国《くに》にしたいという強《つよ》い気持《きも》ちを持《も》っておられることは、私《わたし》はよく分《わ》かっております。ですが、このままでは、大臣《だいじん》たちの心《こころ》はバラバラ。ですから王様、もう少《すこ》しゆっくり、国《くに》を作《つく》っていきませんか。もう一度《いちど》、大臣たちの会議《かいぎ》を復活《ふっかつ》させ、大臣の気持《きも》ちや考《かんが》えをしっかり聞《き》き、そして、民《たみ》の声《こえ》を聞《き》きましょう」

王様は黙《だま》ったまま、大《おお》きくゆっくり、首《くび》を縦《たて》に振《ふ》りました。そして、少《すこ》し不安《ふあん》そうに財務《ざいむ》大臣の顔《かお》を見て、言いました。

「……やり直《なお》せるだろうか」

財務大臣《ざいむだいじん》は力強《ちからづよ》くうなずいて、まっすぐ王様《おうさま》を見《み》つめて、ゆっくりと口《くち》を開《ひら》きました。

「誰《だれ》だって、時《とき》には失敗《しっぱい》したり間違《まちが》ったりするものです。私《わたし》も、ほかの大臣《だいじん》も、民《たみ》も、あなたも。やり直《なお》せる国《くに》に、していきましょう。自《みずか》らの間違《まちが》いに気付《きづ》けば、直《なお》す努力《どりょく》をし、他人《たにん》の間違《まちが》いに気付《きづ》けば伝《つた》え、許《ゆる》し、支《ささ》える国《くに》に。ドコナンダ国《こく》の民《たみ》は、そういう心《こころ》を持《も》つ人々《ひとびと》だと、私《わたし》は信《しん》じたい」

王様は、もう一度《いちど》大《おお》きく深《ふか》く、うなずきました。


それからドコナンダ国《こく》がどうなったか、って？

後《あと》はあなたの想像《そうぞう》におまかせしましょう。

[作者] 平井美里（ひらい・みさと）
1979年京都府生まれ。京都府立大学文学部卒業。小学2年の頃から伊達政宗に心酔。趣味は旅と名建築めぐり、絵画鑑賞など。特に建物は重厚なつくりのものや塔、画家はポール・ドラロッシュとティツィアーノ、作曲家はスメタナ、アーティストはiMAGINATIONS、スポーツはフィギュアスケートが好き。現在、中学校教師。

[画家] ふるやたかし
1975年茨城県生まれ、東京都在住。セツ・モードセミナー卒業後、フリーランスのイラストレーターとして広告、書籍、雑貨等を中心に活躍中。
http://furuyatakashi.com

りそうのくに

平成20年6月16日　第1刷発行

著　者　平井美里
発行者　日高裕明
発　行　株式会社ハート出版

定価はカバーに表示してあります

〒171-0014
東京都豊島区池袋3-9-23
TEL.03-3590-6077
FAX.03-3590-6078

編集:佐々木照美
印刷・製本／図書印刷

ISBN978-4-89295-589-1 C8093